# 用意された食卓

カニエ・ナハ

青土社

# 用意された食卓

生まれている人が、
存在しない
静かな一日を置く、
いま覚えていることを
つぎの８月まで覚えておくこと。
故郷に近い
他の土地で
恐れるように
人の話に耳を傾けてきた、

私は自分の記憶の深い
終わりに近い
生誕で、
隣あった、離れない
領域、家の一つ同じ名前の
様々なものに
鎮守のために
静かに
風に、私がはためく音を聞いていた。
太古からの雲
（風の流れ）と呼ばれる意図
それに従う
生まれただけで純粋な木

今あなたの庭にくる鳥のように、
自分自身を清潔に保つこと
火を汚染しないこと
世界のどこかで探している
自分と同じ火
血液の哀悼の
それは厚さであった
人を切断された、
谷をつくるために、
また清めるために
下降することで
より多くの時間が徐々に短く
あなたの森は夜に

音もなく移動する
永遠に忘れること
あなたの小さな
すべての日であるその上に、
それは適度に雨を与え
虫が夜、燃えている
親しい友人になるために
生まれたとき、
人々が祈りの声で
小さな葉を
ふるわせて
出て行く日は
昔の闇に続いていく

# 目次

装画＝中島あかね

二〇一五年五月―八月

# 名声

それは静かに、
水平線を切断する
黒と黄色の、
暗い壁、
夕方6時、
彼は漁師ではなく、戦闘機として、
釣り糸を垂らし、魚を待っている。
世界に報復する

はるかな、小さい、地下水道の
傘と戦下の子ら、こころの
特別な状態で、徐々に、退いていく
物語、それを写真に撮るのではなく、
虫眼鏡で調べると、
所有する欲求に苦しむ
すべての生命に人格があり
話しかけることを私たちに要求する
非常におもむろに、あまりにもおもむろに
大きな悪に呑まれる5月、
私たちは私たちの人生を台無しにしようとしていた。

# 野道

（いいえ人間に心はありません。）
金属音で目を覚ます
ひたいの赤い傷
地面に押し付けられ
警告される。
一晩の塔を登る
ための恐れに
眠ることが許されず

一幕の
樹皮がはがれ、
暗闇の中で泣いている
かつての頭を上げ
森の中に消えた、
切断された
体は、汚染されていることがわかったので
攻撃されない
という考えに
起因する罪悪の
味を占め
悲劇の直前まで
むさぼる

# 島

ここにまだ、
夜しかなかった昔へと、
霞から霧へと、
百年も流れ、
故郷に戻り
死後に写真は切断された。
埋めた、
わずか

寝ていた山に
持ち帰り
水に、
この身を寄せ
壊れたり廃棄されたもののことだけ
静かに話す
（光は、なぜ、私たちに、与えられ、
いま、ふたたび、奪われようとして
いるのか。）

# 亀

順を追って連なる、
静かに移動する、眠る砂のスクリーンに
暗黒の夜のイメージを表す、
波が私を運んでいく、
絶滅の苦しみの声として、
暗い穴に未だない、
腕を入れ
私たち

姉妹の内私にだけ与えられなかった
永く、あまりにも永く、
光にさらされて、
家鴨が映る、真昼
の水面も干からびた、
低い声で、
「部屋の中を歩いている間は、
自分（ら）の喜びのための
2つの幽霊のような外観。」そして、「夜には、
あなたは幽霊を目覚めさせないよう
ドアを開けないでください、
わたしたちは眠っています。」
私は目を開けたときに、

それを見ることができない、
むしろ「見られること」の感触によって、
存在を感じる、私たちの目は閉じている。
幽霊のような服を着ている
目に見えない女性。睡眠は、愛情を唇に
うっすらと、消えていく、(我ら大洋の子、)
聞かなかった、燈火のように。

# 土

電波の終わりに
波音を聞く
（月の音を、）
空白が生まれ、
女は音もなく画面で歌っている
限界と破壊のための
時間が流れ、
植物の拡張、

人の破棄された帰還
包囲された肌についての
寄る辺ない
声を想像してはまた
裁断された尻尾を探す犬の
心は何度でも出ていき
地図は数分毎に外観を変更する

どこに鼻の骨がある？
つぎの角を左に曲がって
ピアニストになる夢を
人差し指から順に捨て
私たちは山をくだった

レコードを手に燃えて

ふもとの
収容所のＡを訪問したときに
これは、私が聞いてきた話だ。

# 毬

犬の）鎖につながれて
地下室で窒息する私が
生まれるずっと前から
眠っていたひとの
傷ついた脳は
彼女に夢を見せたか（わからないが）
四十余年の長きにわたり
私たちに受動的な

仮死を
与えて、
たましいはせわしなく
日毎に入れ替わり
かろうじて「私」を保つからだは
ことあるごとに
裏切りつづける
にんげんの）鎖につながれて
犬のからだが波うつ
人間の地下室に
たった一枚の肉が
怒りのように押し寄せる

# 家主

驚くほど小さい虫が
口をこじ開ける
破片が散乱する
激しく混合する、
風景の明るい歴史を
再現しようとしている
同じ時間燃えて
無数の死者が

上昇し、燃焼する隣人と
瞬間（瞬間）を
イメージから離れて逃げた
引用された通路に、決死の
子供たちが凝視されている
まもなく通過する
より深く傷つける運命を
追跡するために来て、
さらに多くの残酷な
他者の時間は、
水を費やしてきた
夜の真ん中にいた時、
死滅する

最後のコーラスに
群がる虫に囲まれている時の
満たされた夜明けを参照して
赤く染めた水平線
間に暗雲が縫い付けられている
衰退の次の巨大な
波の音と太陽に、
我々は繰り返し
この現実を熟考する

# 蛙手

非合法の故郷、
いくつかの
不慮の夢、
継続する、遠く離れて
この辺り
生命体が見られる新しい関係の場所に
破損しないようにと、
彼らを悩ませる土壌は、

そのとき開花に満ちた
世界であったかどうか
生きていた描写と一緒に
輝きを見せながら、
打たれた、
非常に長い期間
反乱を続ける生命、
好きなように世界を見、
再び言葉を語っている
私たちの
死の床に懇願され、
実現した、
まばゆい輝きを過ごす、

別のもののように
時間をかけて物色し
ああ、それは――、
骨は、尋ねた。

何かのオブジェのようなもの
幸せだったオブジェ、
それは同時に孤独に見え、
あなたがそれを包んだとき、
黒いベルベット布の上に
あいする者たちへ向けた、
やわらかなまなざしを置いた。

# 居留守

歳月はねたみ深く、我らしょせん、
図体のでかい子どもにすぎぬ、
この世の露光時間が短く
とどまることができない
薄目あけたまま、眠るひとの
かたわらで蝿が息もたえだえ
そのとびでた　目玉のなかで
小川はもはや小川ではない

ひとたびかわいてしまえば
せめて
印画して　薄膜をはって
二度と生まれないように
さもなくば　闇の庭に
滅ぶばかりだ　声のない
草花はぬかれつづけ　そこから
滂沱　滂沱と
あふれるものに溺れる　小さい
隣人よ
すべて、祈りはつたない

# 雪

月は最初の影、
煙で訪れた
秋。
唯一の木に葉が、
今、青をこぼし始め、
冷淡な牛の目、
土に起因する
いくつかの瞬間

ありふれた、唯一の
雲が多数の
鳥居を通過し、
微笑みながら
自分が存在しないので
海のない、風の冷たい
声、ただ一つの、
私たちを、
まだらにしようとしている、
その声に滞在することができなかった。

# 狐

イチジクの木立を継続し
丘陵はまだ、
秋の日差しの中で
輝いていた、両手を広げて、
残す、しかし、描ききれない、
新たに、昨日と同じ場所に座って、
薄い筆圧に
この圧倒的な

空気を描写する
ことができない、
光の強度によって異なる
イメージを修正する
月が消えるとき、
火を保持し
水を含浸させることにより
合成される
光の静脈
明るく、暗く、
呼ばれる
後にあるものの
すべての始まり

# 合羽

たくさんの死が生まれ、雨が形成された。
日々の、飛散した
私は、破壊の夢を
見た、黄色のテープ、垂直線の
信号として、奇妙な動きで
死ぬ前に　それが通知されないように、
「音が、原因です。」
〈夜明け〉の大きな音の対立、〈たましい〉と呼ばれるものは、

からだの小さな網目をくぐりぬけて、意志によって途絶え、
出血しながら、目の前で衝突し、
私は底に沈んだ。
解剖のために、手の中におかれ、
頭蓋骨を分割された。
脳が搬送され、私はゴミのように扱われなければならなかった、
それは現実よりも近くにあり、
私はその、
僅かな生き残りを見つめていた。

# 岸

夜とおなじ場所に書店はあり
西は神社　東は墓地
脱出するため
まわりで走る人々は、
多く、流し込まれた。

焼けている野蛮な
（うぬぼれて、私はここにいて、）

銃声が聞かれる。
地階と接続する口は、
こわばって

（何も見られない。凍結する。声は
どなられて、鉄の扉はあけられる、
百人もの人々が肩を
まるめて、
雑誌をふみ、（火の玉、）
転んでいた。うなる、
水と水の声　それは
何度も汲み上げられた、
言葉においてそれを通る

視界はまた反りかえり
歯のように抜け落ちていくばかりだ。

# 小石

ここに、空洞があり、さんらんしている。ひと
粒の、小石の泣く、あまりに泣くので、私の
目が潰れる。Ｓ駅をでてすぐ、一瞬、見えた。かつて、柳が
あって、その下に、お地蔵さまがおられて、お厨子のなかに
這入っておられて、（夢は削られた。星明りを消せ。
地めん深くこうべを垂れろ。烈火、轟音、硝煙
の匂いが、扉を通るたびに、遠ざけられた、私が消える
まで、放置された、小石の泣く、あまりに泣くので、

私の目が潰れる。神経がやみにとどいて、光景を構築する、
かつての時間が、宙を右往左往している。そうして、
世界の半分の門は閉ざされた。

# 月

もはや人工の闇しかない、にんげんの、薄い膜を
通過して、私は私の目を閉じると、見て。白い
腕が開いた、剃刀になり、建物の出口は、
ひとに似て、何か光の対応について話をする、例えば鏡
の上の十三枚の写真のこと。例えば双子
がある日、三つ子になること。ある日、口の中で誰かが
それらすべての、実際になることを楽しみにしている
（口から出たことは、すべて真実でなくなる）

まなざしたものの、まなざしが敵となり　空のバスタブを、
無数の「人」で、満たしていく。見世物小屋は閉鎖され、
「人」の前には誰もいない。今度は、わたしが、
現実に似たものの、刃を、呑みこむばんだ。

# 照明

痣のあるアスファルトを覗きこむ、
自らのはらわたを噛み切る。
痛みは祈りに食い殺されて、
私を証明する手だてがない。
欲しいのは、
犬の目、犬の耳の
闇のなか、
生誕は路上に肉を撒き散らし、

あの時刻が迫りくる。
何度でも。
水は落ちてないか。
焼付いて二度と離れない、
地に首をしめられて、
光に撃たれて、
死ね。
目のない空を貫いて、
届くまで、
何度だって死んでやる。

# 山端

人や動物だった、
無数の枕木がやみに転写されなにも運ばない
停車駅は近づくほどに遠くなり
見えなかったころの記憶ばかりがいまなお
鮮明です。）食卓の吐き出された種のなかで充実する
未来が生存を脅かす（どんなに足掻いても生存が祝福されない。
新しい、投下された、
時間の影がわっと押し寄せ、土の毛布にくるまって

（いっこの人間が　一粒の種子よりも貴い
　などということが、あるだろうか
ホカニナニモナイ県道　タクサンノナキガラノ
空ヲウツソウトシテ　ナニモナイ
トツブヤクツカノマ　ドレホドノ
火ガ火ヲ喰イツクシタカ

# 牛腸

これは、実際の、二つに引き裂かれた
肉声です。）私は、自らの腸を、啜った
かなしみを、私が見上げると、
みんなが、私を、
軽蔑し、私は見下されて
イタ。見ナレタマチガ見ナレナイ
ココデモ、ドコデモ
他者ト、他者シカ、イナイ。

（私は、私の声を、握り潰して、
最近は、だれもが眠っている
ひたひたの夢が、足もとを翳る
（モシモシ、モシモシ
赤、青、空。
これらは体内で分かたれて
いき、あなたに表示されているものを、
私は、あまりにも、見てきてしまった。

# 安堵

海からの便り、
あなたの歯。
棺を開くには
世界が変更され
生きている、私たちが近づくと、
祭壇の前に沈む
背中の上
手の届くところすぐ

空のスクリーンから
消えた、
すべて一度きりの
美しい答えを
知らない、代わりに
すべて受け入れ
声があることを理解すれば、
最後の通信となる
その後、「へこみ」が消え
瞬間、音が上昇する
あ、
消えた、
時間をかけて、

昨日のように
示されている、
多くの消失点の
多くの記憶が
耐えない、
失われた愛する人の数、
失った、
わずか一日に
応答があり、
失った手の中にしっかりとまだ
意思があり
強く握りしめ
人間ではない、

墓石の前、
互いを破壊し、
状況を老化させ、
悲惨を繰り返す

# 剝製

重たいまぶたの
壁に配置されている
失われた２頭の馬が、
最も親密な言葉で、
目覚まし時計と睡眠と夢とを漂泊する
架空の空間、
次々と克明に
その先端まで反映され

林を流れる
正しさではない
何かが、いわゆる風景の中で
彼らの郷愁を受信したとき、
流れる川のほとりに立って
馬よ、
あなたが地球から初めて訪れたとき、
その由来を、
起源を知っていて、私がいた駅を降りた
その最初の日の
森であること
やがて幽霊のような世界を行く、
心臓に家があり

触れると
復号化する鍵の
一つになることで
薄い音楽が開いて、
私は少し
病院を訪問した
人のやつれた顔の黒い毛が
長い松林に沿って東へ東へと殺到した、
回想で、ずっと前に出た
待っている人はすでに消え、
人の海にもう一度、
予期しない、
何らかの方法で、

覚えている物語の中の
右側にある2つの絵に
海と呼ばれるものが発生した
私はまだ触れていない
優しい、多くの時間
依然として馬として、次に到達する
世界に滞在しない
匂いの近くに浮遊する光
ひときわ明るい、
発祥、まだ沼の領域の
私たちは現実から消え
あなたはこんなにも遅く
未来も過去もなく

灰の下で
時計にされていること
残っている湿原
これらの音素の
今、私の手に白い
「戻る」の文字を残したときに、
声の梱包が
あるいは最初の
苗の根
月をつるされている
私の中の入り江で、この
漂泊された
最後の名前、

あるいは水音は、
呼ばれる
偶然にもその名の
海につながる
夜のような森の中に立って
彼らはまた眠り、
つぎの落下を待つ

# 枷

丘の施設内にある
常に西日の
覆いかぶさる木が
目の前で薄く細長い。
密かに
地獄の瀬が
ちょうど窓を見るように
午後には、

枕元に置かれている
脳が破損しているため、
失われた状況を認識することができない
もう何年も
知っているかのような
躑躅、
すべて人の時間は穴だらけで
整然とした地区は、
白く波のように陽を浴びて輝いていた、
声が耳に
屈すること
多分私は押しだされ
そして、見つめていた

正方形の窓が、反射して
手を振って木の
燃える、光がまぶたの奥に、弱化した、
葉に輝きを増やすが、一方では網膜に
この世の光の、その
心のようにあった、
今日の文字をトレースして
点滅する
明るい緑色を超えて、
聞いている
私の声を
様々な方法で記述する
暗い部屋へと洗浄し

記号を消滅するため、
署名する、
最後の文字、
この文字の
夜には、線が横たわっている、
通過する、激しい
眠りに落ちる
時間、明確に理解された
土を通って雨も来て、
猛烈な水があり
海底に沈むのを
追いかけて病院に向かって
丸める月が擦過した。

たとえばそのような、
死亡記事を考えては
忘れていた行方を
予期せず手渡した
あなたのために私は、
いないことにすべきだと、
ゆっくりと箱にしまい
黒い縁取りで
笑いながらいつものように
目の中に黒の、より黒い輝きを逃れ
今、再び
あまりにも素っ気ない記載、暗い
部屋全体に、私はいるのであること

言葉の行為は不吉に
膨らむが停止することはない
代わりに、おそらく
すでに定住していた
空き家で
自分を最後の
引き出しへとすべりこむことで
ペン先は
他の世界とこの世界を分ける
夕暮れ、
いつものように
風は、路地を横切って
二人の間に、

隆起した森で、疑いもせずに
信じた、
いつか見たような外観。
視線を戻すことなく、
水であったとしても、
頭を下げて挨拶し
火を弄び
私の生に
常に横たわっている
黒い床に灰を置いて、
窓から見えた隣人
それは常に
自分が受け入れなかった、

難民、追放されたため、
曇った緑は、
暗くなって
白いはずの底は、
単一のまぶたに
薄暗く差し込む
夕日がぼやけて
笑っていたかどうか、
無表情の電話が並んでいた
時々それを鳴らし
いずれも弱々しい音が
申し訳なさそうに
あまりにも

深く沈んで
ゆく一日の
煙を見て、
その時、
あなたは何か声を
わずかに、
応答が、まっすぐな
路の終わり、
あなたはそこから再び
私を呼び出す
時間を放棄した、
ベッドのような細長い
無言で

私は全く隣にあることを忘れているかのように、
何か叱られるのを望んで
欠落していない
多くのことを望んで
最終的にあなたは数になり
私もまた、あなたと同じ
どこでも重たい木、
重たい水である
物語の来るとき、
私は深く
声を入れ、
本能のように夜風は、
しばらくの間、

耳の中に渦巻いていた。
群衆の中で溺死するまで
さらに闇の良い
３丁目に達すると、
やや、前のめりに
遠くを静かに見つめる
目は街の明かりのすべて、
静かな光を放つように収集され
鳥居の上に
私たちはまた戻って
夜の真ん中を
真っ赤に染めて
飛ぶ、

どこか北国に
戻ってきたときは、
それが何よりも間違いない喧騒、懐かしい
心を寡黙にし
並んで、座っていたときのことを思い出した
突然、抜け殻のように見えるだけの
ガラスを見ていた
たぶん、ここにもたらされることによって、
どこかの瞬間に行かなければならなかった。
一人で夜の鴉の
漆黒の中を歩いて、
探していたのだろうか、
あなたがどこかに飛んで

足が戻ってきたときに
常に暗くなっていた。
お互いが同じ狭い路地での出会いを
求めて迷子になって
何か残されている
淡い空を中断して
細い線に反射される
光と影
洗浄を開始する
流水は、底部からの単純な繰り返しを
感じていない物質であるために、
呪いのようなものに供されている
ために目に見える

猫が空き家に行く、
私を運ぶために
花が咲くことを行うには
何も持っていないこと
寿命を終えた後、
私は自由になって
庭園を耕し、
水をやった
雑草の成長が、
地面に立ち往生していた、
私たちは到着し、
乾燥させた空気を開き
すべての堆積物の

叫びもいつの間にか
庭にあった、いつも
静まり返った声は、
葉を振り
草の繁栄に姿はなく
音のない
黄色の花から現れた、
ドアを目指して
首を傾け
家の中で夜に到着することができない
眠っているかどうか、存在しないこともある
馬、
いななきを暗がりに向けた、

窓を開けてゆっくりと立っていた
静かな午後、
寺院の静かな中庭に
首をもたげ
山からは
すべての人が集まっていた。
体に何が起こったのか
川は、それが天に達し
発祥の地、家も疎に見えてきた
極みを指し、目を光が
川の、空の空気中でキラキラと
漂流していた。
窓を流れる雪解けの川を眺めながら、

光景に目を奪われた、
魚、
いつも
目に見えない魚が
猫や鴉のように、
同行していた。
自然によって導かれる
階段を上って行くと目に入った
高い天に
大きな鏡があり、
中間点で座っていた
椅子のどの脚も並んで
湖まで歩いて

前後に水平に移動するように構成されている
欠落している傾斜
拾う道の石の隙間に挟まれていることが
家族と呼ばれる、
誰もが直面した
最後のシーンで
重い椅子のいずれかを
脱ぎ、
ガラスをこする
反映した逆さまの私を見つめ
父の背後にも、
同じ骨格の遺跡に立って
手を、

二つの声を、切り
まばゆい光を浴びながら、
すべてに見られて、私は暗い穴の底を覗くために
家族の最後の写真を
見つめていた
あまりにも
血統の最後には、
光は滴下したすべての人の
朝の雨、そしていつものように
朝食を濡らす
屋根を通して来て、テレビではニュースの音
その大雨が人々の
胸を湿らすために

毎日、同じ方法で、
同じ窓から
緑の空間を見ていた。
中に潜んでいる黒い姿を
見つけられず
新しい湖面の波紋に
想像する、あなたは、
とても深くで泳ぐ、
水の下に、
耳があり、むしろ声よりも、
それは幻のように
ビジョンは
すべて果てて

ずっと前に目を閉じた
より暗い闇の暗がり、
その間で飛び回っている淡い音が
あの世からの
ゆっくりと身に着けてきた
最後の息を
まぶたの奥に
吐く

# 世帯

帰還した
そこに外観はなく
誤った情報を信じて
路上では人々の戦争が続いていた。
覚えていない隣人の、
生活の中に存在している、
自分から分離した
新しい家を残して、

撤退する、あまりにも
私たちは沈黙の中で
十数年、慈悲の一つ屋根の下で
安全だと信じ続けた唯一の
地球の言葉を忘れないように
覚書としての
火傷は腕の中で苦しんで、
嘆願の最後で
人は
共感を拒否された。

# 砂箱

すべての顔に現れる
所有者の物語、
戦争の世紀のうちに滞在する、
あなたは今、
目に見えない、
フィルムが時間を反映しているので、
現実によって悲劇を描く、
極限を、最も明白に

再生することで、
初めて出会う、
家族の肖像
召集され、
異なる背景を持つ、
分割された
人間の端と、
それを終えた、
老いと死の地面にいる人々の
肖像画を構成する、
象徴のような、
子孫のために、
決裂した、

ガラスのネガを、壕内に維持し
崩壊を生き残った誰かが
忘れてはいけない。
痛みを伴う、
永遠の中で存在していた
人々の様子を伝える
生存者の証言に
屈することなく、
一掃される、人類の誤差が
失われた
私たちの生活の
最後のページ
のための新たな闘いを

はじめる

# 小島

暗い雪、敗残兵のような
鈍い、
カヤブキ屋根が海から吹く強風をまとい、
匿うように、暗い雪を着ていた。
もはや
焦土の一形態に過ぎない、私の
土に結合しているものは、
失われた道、

人類の着ぐるみは、
こんな生活の姿を持っているのだと知った。

最北の島を
凍結させ、
北へ。
そこから
さらに北へと――
人々はいま、波うつ、戦闘機に包囲されている
神経が思考を身に着けているように、
私たちに与えられた、
太陽が、唖然と
見かえしたとき、

沈む、
すべてを忘れて、
ここが、
ここだけが、
自分の世界であるように思われた。

絵のような、
冬が近づき、鼓動が荒む。
雪に埋もれ、
遠くなる
人間のにおいは地のにおいに消され、
そして、足跡が
痛みをトレースし、

私は無限の雪の孤独を介して
私の欠落を記憶する。

農夫は、この広大な地に鍬を下す、
影まで仕事を続けている。

カニエ・ナハ

一九八〇年　神奈川県生まれ。

二〇一〇年　ユリイカの新人に選ばれる（伊藤比呂美・選）。

二〇一四年　詩集『オーケストラ・リハーサル』（私家版）で第十九回中原中也賞最終候補に。

二〇一五年　詩集『ＭＵ』（私家版）で第二〇回中原中也賞最終候補に。
九月、詩集『用意された食卓』（私家版）を発行。
十二月、エルスール財団新人賞〈現代詩部門〉に選ばれる。

二〇一六年　『用意された食卓』（私家版）にて第二十一回中原中也賞受賞。

用意された食卓

2016年4月25日　第1刷印刷
2016年4月29日　第1刷発行

著者——カニエ・ナハ

発行人——清水一人
発行所——青土社
東京都千代田区神田神保町1-29 市瀬ビル〒101-0051
［電話］　03-3291-9831（編集）　03-3294-7829（営業）
［振替］　00190-7-192955

印刷所——ディグ（本文）
方英社（カバー・表紙・扉）
製本所——小泉製本

装幀——カニエ・ナハ



ISBN978-4-7917-6919-3
Printed in Japan